刺猬

永远做不了别人怀里的猫

〔俄〕契诃夫——著　张猛——译　红花——绘
HONGHUA

江苏凤凰文艺出版社
JIANGSU PHOENIX LITERATURE AND

图书在版编目（CIP）数据

刺猬永远做不了别人怀里的猫／（俄罗斯）契诃夫著；
张猛译；红花HONGHUA绘. -- 南京：江苏凤凰文艺出版
社，2025.9（2025.11重印）. -- ISBN 978-7-5594-3693-1

Ⅰ. I512.064

中国国家版本馆CIP数据核字第2025MY8446号

刺猬永远做不了别人怀里的猫

〔俄〕契诃夫 著　张猛 译　红花 HONGHUA 绘

责任编辑	项雷达
图书监制	古三月　孙文霞
选题策划	陈艳芳
特约策划	吉冈雄太郎
装帧设计	吉冈雄太郎
责任印制	杨　丹
出版发行	江苏凤凰文艺出版社
	南京市中央路165号，邮编：210009
网　　址	http://www.jswenyi.com
印　　刷	唐山富达印务有限公司
开　　本	787毫米×1092毫米　1/32
印　　张	7
字　　数	60千字
版　　次	2025年9月第1版
印　　次	2025年11月第3次印刷
书　　号	ISBN 978-7-5594-3693-1
定　　价	59.80元

江苏凤凰文艺版图书凡印刷、装订错误，可向出版社调换，联系电话025-83280257

祝你生活幸福，
祝你健康，安宁，
得到不计其数的钱。

录

我身上

拔不出来的

的

还有

春天

钉子

我的
自我感觉
还
不算差，

体重
没有减轻，

对于未来

我
满怀着期待。

天气
好极了。

钱

几乎
没有。

Еж никогда не станет кошечкой в чьих-то руках

Самочувствие у меня ничего себе,
в весе не убавляюсь,
на будущее взираю с упованием.

Погода чудесная.
Денег почти нет.

Антон Павлович Чехов

003

我
工作得
够久的了，

我的脑袋
也空了，

人也变瘦了，
丑了，
老了。

可是
得到了什么呢？

一无所有，

一
无
所
有
啊。

работаю уже давно,
и мозг высох,
похудела,
подурнела,
постарела,
и ничего, ничего.

Еж никогда не станет кошечкой в чьих-то руках

我真想

能在一个
明亮而宁静的清晨，

醒来发现

自己开始了一种
新的生活

过去的
已被忘怀，

飘 散 如 烟。

Проснуться бы в ясное,
тихое утро и почувствовать,
что жить ты начал снова,
что все прошлое забыто,
рассеялось, как дым.

生活本身
是多么

无聊、
愚蠢，
让人厌恶啊……

把人都给陷进去了。

你的身边
到处都是些怪人，
全都是

怪
人。

你和他们一起生活上两三年，
不知不觉地，

连你自己
也跟着
变得古怪了。

Да и сама по себе жизнь скучна,
глупа, грязна…
Затягивает эта жизнь.
Кругом тебя одни чудаки,
сплошь одни чудаки;
а поживешь с ними года два-три и мало-помалу сам,
незаметно для себя,
становишься чудаком.

凡是在我们看来
严肃的、
有意义的、
极其重要的东西，

总有一天

会被忘掉，
或者
变得不那么重要。

Еж никогда не станет кошечкой в чьих-то руках

То, что кажется нам серьезным,
значительным,
очень важным,
— придет время,
— будет забыто или будет казаться неважным.

生活过去了，
我却像没有生活过一样。

Еж никогда не станет кошечкой в чьих-то руках

Жизнь — то прошла,
словно и не жил...

蚜虫吃青草，

锈吃铁，

虚伪吃灵魂。

Тля ест траву,
ржа — железо,
а лжа — душу.

Еж никогда не станет кошечкой в чьих-то руках

别人怀里

这些

卑屈
和
伪善，

已经让我们

厌倦透顶了。

别人怀里

Мы переутомились от раболепства и лицемерия.

Антон Павлович Чехов

Ёж никогда не станет кошечкой в чьих-то руках

别人怀里的

我们以为
自己比群众、比莎士比亚更聪明,

而实际上
我们的思想活动
产生不出任何成果,

因为
我们不愿走到下面那些阶梯上,

而上面
又已经无路可走,

于是
我们的脑袋就停留在一个点上,

处在僵死的状态。

Нам кажется,
что мы умнее толпы и Шекспира,
в сущности же наша мыслительская работа
сводится на ничто,
так как спускаться на нижние ступени у нас нет охоты,
а выше идти некуда,
так и стоит наш мозг на точке замерзания.

Антон Павлович Чехов

我们
不讲那些
虚头巴脑的东西，

就照直说了吧，

在这个世界上
没有一件事情能弄得明白。

只有

傻瓜
和
骗子

才会什么都清楚，

什么都懂得。

Мы не будем шарлатанить и станем заявлять прямо,
что на этом свете ничего не разберешь.
Всё знают и всё понимают только дураки да шарлатаны.

Еж никогда не станет кошечкой в чьих-то руках

"你为什么总穿黑衣服？"
"这是我给自己的生活戴的孝。"

Еж никогда не станет кошечкой в чьих-то руках

"Отчего вы всегда ходите в черном?"
"Это траур по моей жизни. "

一只鸟不应该有四只翅膀，
而是两只，
因为两只翅膀就能飞起来了。

人也是这样，
不应该把每件事都弄得明明白白，
只需要知道一半或者四分之一。

人需要明白多少事以便于度过一生，
那就明白多少事。

Птице положено не четыре крыла,
а два,
потому что и на двух лететь способно;
так и человеку положено знать не всё,
а только половину или четверть.
Сколько надо ему знать,
чтоб прожить,
столько и знает.

Антон Павлович Чехов

025

评论
一个天才的
缺点，

就像是
评论一棵长在花园里的大树一样，

因为在这里，
主要问题不是在
树木本身，

而在
观赏这棵树的人的趣味。

不是这样吗？

Говорить о недостатках таланта
— это всё равно,
что говорить о недостатках большого дерева,
которое растет в саду;
тут ведь главным образом дело не в самом дереве,
а во вкусах того, кто смотрит на дерево.
Не так ли?

Еж никогда не станет кошечкой в чьих-то руках

别人的

我意识到
自己是有天赋的,

但已习惯于把它看得微不足道。

要让一个人对自己不公正,
要让他极度地怀疑和不信任自己,
只需要一丁点儿纯粹的外部原因
就足够了……

Я чувствовал, что он у меня есть,
но привык считать его ничтожным.
Чтоб быть к себе несправедливым,
крайне мнительным и подозрительным,
для организма достаточно причин чисто
внешнего свойства...

Еж никогда не станет кошечкой в чьих-то руках

春天
如此美好，
却没有钱

——这可真是倒霉。

Еж никогда не станет кошечкой в чьих-то руках

Весна великолепная,
но нет денег
— просто беда.

Антон Павлович Чехов

031

Еж никогда не станет кошечкой в чьих-то руках

再没有
比枯燥的生存竞争
更令人乏味,
更缺乏诗意的了。

它
夺走了
生活的快乐,

迫使人
堕入

冷漠无情

的氛围里。

А ничего нет скучнее и непоэтичнее,
так сказать,
как прозаическая борьба за существование,
отнимающая радость жизни и вгоняющая в апатию.

Антон Павлович Чехов

Еж никогда не станет кошечкой в чьих-то руках

别人们

我不打算结婚。

我真希望自己
现在是个
秃顶的小老头，

在一个
讲究的书房里，

坐在
一张大桌子旁边。

Антон Павлович Чехов

我迫不及待地

渴望
大吃大喝、
睡觉、
谈论文学，

也就是
什么也不做，

同时
又觉得
自己是个正派人。

Мне нестерпимо хочется есть, пить, спать и разговаривать о литературе, т. е. ничего не делать и в то же время чувствовать себя порядочным человеком.

人生
和
哲学

是背道而驰的
：

没有懒惰
就不会有幸福，

只有那些无用的东西，
才会给人带来满足。

别人怀里的

Жизнь расходится с философией:
счастья нет без праздности,
доставляет удовольствие только то,
что не нужно.

我希望，
来年春天
我会有 一 大 笔 钱。

我得出这个结论
全凭迷信
：

没有钱，
就意味着

快 有 钱 了。

Надеюсь, что весной у меня денег будет целая куча.
Сужу по примете:
нет денег — перед деньгами.

Еж никогда не станет кошечкой в чьих-то руках

别
人
怀
里
的

我常想
：

要是重新开始生活，
并且是有意识地生活，
那会是一番怎样的景象？
但愿那已经过完的生活，
就像人们说的那样，
是所谓的草稿，
而第二次的生活则是誊清稿！

Ёж никогда не станет кошечкой в чьих-то руках

别人杯里的

Я часто думаю

:

что если бы начать жизнь снова,
притом сознательно?
Если бы одна жизнь,
которая уже прожита,
была, как говорится,
начерно, другая - начисто!

想要
做一个乐观主义者,

想要
理解人生,

就不要相信
别人说的
或
写的东西,

而是

亲自
去观察,
去体会。

Если хочешь стать оптимистом и понять жизнь,
то перестань верить тому,
что говорят и пишут,
а наблюдай и вникай.

Еж никогда не станет кошечкой в чьих-то руках

既然
您听不明白笑话，

那您
就去痛苦吧。

И страдайте,
если вы не понимаете шуток.

Еж никогда не станет кошечкой в чьих-то руках

要么
知道人为什么活着，

要么
认为一切都不值一提，

都无所谓。

Еж никогда не станет кошечкой в чьих-то руках

Или знать,
для чего живешь,
или же все пустяки,
трын-трава.

如今
春天的生活
正徐徐展开。

它
神秘、
美丽、
丰富又神圣,

那种生活
是一个软弱而有罪的人
不能理解的。

不知为什么,

真恨不得哭一场
才
好。

развернулась теперь своя весенняя жизнь,
таинственная,
прекрасная,
богатая и святая,
недоступная пониманию слабого,
грешного человека.
И хотелось почему — то плакать.

灵魂在生锈，骨头在发芽

我现在
坐在一间
带着三扇大窗子的书房里，
感到神清气爽。

我会在一天的时间里
往花园里跑五六次，
把雪铲到水塘里。

雪从屋顶上滴落下来，
闻得到春天的气息……

Сижу в своем кабинете с тремя большими
окнами и благодушествую.
Раз пять в день выхожу в сад и кидаю снег в пруд.
С крыш каплет,
пахнет весной...

Еж никогда не станет кошечкой в чьих-то руках

说我非常会生活。

或许是吧。

但是
爱顶撞的牛，
上帝不让它长出角来。

我浪迹天涯，
简直像在流放，

这种"会生活"
又能带来什么好处呢。

что у меня необыкновенное уменье жить.
Может быть,
но бодливой корове бог рог не дает.
Какая польза из того,
что я умею жить,
если я всё время в отъезде,
точно в ссылке.

我就是那个
在豌豆街上行走，

却
捡不到一粒豌豆的人。

我曾经自由，

却
不知自由为何物。

Я тот,
что по Гороховой шел и гороху не нашел,
я был свободен и не знал свободы.

Еж никогда не станет кошечкой в чьих-то руках

Еж никогда не станет кошечкой в чьих-то руках

应当再找个工作，
这个工作不适合我。

我渴望的东西、
我梦想的东西，
这里恰恰都没有。

这只是一种没有诗意、
没有思想内容的劳动……

Надо поискать другую должность,
а эта не по мне.
Чего я так хотела,
о чём мечтала,
того-то в ней именно и нет.
Труд без поэзии,
без мыслей...

在 我 看 来,

休息一下

是

合
法
的。

и отдохновение я считал законным.

Еж никогда не станет кошечкой в чьих-то руках

我愿意就这样

无所事事、
没有目标地
走上一整天，

走上整整一个夏天。

готовый ходить так без дела и без цели весь день,
всё лето.

Еж никогда не станет кошечкой в чьих-то руках

天呀，
我可真懒呀！

这是天气的过错
：
天儿这么好，
要在一个地方坐着不动根本办不到。

Еж никогда не станет кошечкой в чьих-то руках

Боже, как я ленюсь!
Погода виновата:
так хороша,
что нет сил на одном месте усидеть.

我的肺有点不大好。

医生不允许我工作，

我现在
就像一个剧场里的官僚
：

什么也不干，
谁也不需要我，

但也得努力
保持着一副公务在身的样子。

У меня подгуляли легкие.
Доктора запретили работать,
и я теперь изображаю нечто,
похожее на театрального чиновника:
ничего не делаю,
никому не нужен,
но стараюсь сохранить деловой вид.

Еж никогда не станет кошечкой в чьих-то руках

Еж никогда не станет кошечкой в чьих-то руках

别人种

人
总喜欢
谈论自己的疾病，

而实际上
生病是他生活中
最没有意思的事。

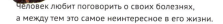

Человек любит поговорить о своих болезнях,
а между тем это самое неинтересное в его жизни.

我觉得，
永远活着
和一辈子不睡觉一样困难。

Еж никогда не станет кошечкой в чьих-то руках

Мне кажется,
что жить вечно было бы так же трудно,
как всю жизнь не спать.

我的健康状况
勉强过得去。

开始有些无聊了
——因为
没
事
可
做。

口袋里的
钱
正在像雪糕一样

融
化。

Еж никогда не станет кошечкой в чьих-то руках

Здоровье мое сносно.
Становится немножко скучно
— это от безделья.

Деньги в кармане тают,
как мороженое.

天知道，
对我来说
维持收支平衡
是多么困难，

而挣脱缰绳，
失去平衡
又是多么容易。

Аллаху только известно,
как трудно мне балансировать и как легко мне сорваться и потерять
равновесие.

Еж никогда не станет кошечкой в чьих-то руках

077

我感到寂寞，
火气也大。

钱去得太快，
我就要破产了，
我要飞到烟囱里去。

Еж никогда не станет кошечкой в чьих-то руках

Я скучаю и злюсь.
Денег выходит чертовски много,
я разоряюсь,
вылетаю в трубу.

Ёж никогда не станет кошечкой в чьих-то руках

我的灵魂
向着
更宽阔、
更高远的地方进发，

但我
又不得不过一种狭隘的生活，

对一分一厘
斤斤计较。

Душа моя просится вширь и ввысь,
но поневоле приходится вести жизнь узенькую,
ушедшую в сволочные рубли и копейки.

Антон Павлович Чехов

081

再也没有
比小市民的生活
更加庸俗的了。

这种生活
每日围绕着物质上的
鸡零狗碎、
荒唐的高谈阔论
和谁也不需要的小恩小惠
打转。

Нет ничего пошлее мещанской жизни с ее грошами,
харчами,
нелепыми разговорами и никому ненужной условной добродетелью.

我的灵魂
在痛苦，

因为意识到
我是在

为
钱
卖
命，

钱成了我事业的中心。

Душа моя изныла от сознания,
что я работаю ради денег и что деньги центр моей деятельности.

别
人

我也曾
心平气和过,

我也曾
昂扬地、
活力充沛地
审时度势,

可是
只要生活一对我动粗,
我立刻
就丧了气……
就意志消沉……

我们太软弱了,
我们是废物……

Еж никогда не станет кошечкой в чьих-то руках

Был я равнодушен,
бодро и здраво рассуждал,
а стоило только жизни грубо прикоснуться ко мне,
как я пал духом...
прострация...
Слабы мы,
дрянные мы...

Антон Павлович Чехов

没错,
在摆烂中我有过饭来张口的体验,

我欣喜若狂过,
胡吃海喝过,
生活放荡过,

但这一切都是我个人的事情,
它们并不妨碍我有权认为,

在道德上
我并不会因为自己拥有的长处或缺点,
而和普通人有什么差别。

Правда,
в лености житие мое иждих,
без ума смеяхся,
объедохся,
опихся,
блудил,
но ведь всё это личное и всё это
не лишает меня права думать,
что по части нравственности я ни плюсами,
ни минусами не выделяюсь из ряда обыкновенного.

Антон Павлович Чехов

这笔钱
不算多，

但
总归是钱呀，
不应该放弃……

Деньги неважные,
но все-таки деньги,
и бросать их не следует...

我要尽可能地多挣一些钱,
为了
夏天可以什么事情
都不干……

Буду во все лопатки стараться заработать
возможно больше денег,
чтобы опять провести лето,
ничего не делая...

如果

我一年的花销
不超过两千卢布,

那样的钱
只够住在乡下,

到时候
我就再也不用整天担心
金钱上的开销。

我会
工作,
读书,
读书……

一句话,

生活
会和果酱一样甜蜜!

Если я буду проживать не больше двух тысяч в год,
что возможно только в усадьбе,
то я буду абсолютно свободен от всяких денежно-приходо-расходных
соображений.
Буду тогда работать и читать,
читать... Одним словом,
мармелад, а не жизнь.

我很高兴
：
你开始认真地工作了。

人到了 30 岁，
应当做到
实干、有性格。

我还是个
贪玩的孩子，

因此我写这些零零碎碎的小东西
还情有可原。

я рад, что ты взялся за серьезную работу.
Человеку в 30 лет нужно быть положительным и с характером.
Я еще пижон,
и мне простительно возиться в дребедени.

Ёж никогда не станет кошечкой в чьих-то руках

生活
够苦的了，

喝上一点酒
没什么关系。

В сей юдоли как выпьешь,
оно и ничего.

Антон Павлович Чехов

我们生下来
就像风暴一般质朴，
也应该
像风暴一样生活，

不
允
许

自己萎靡不振。

Происхождением мы просты,
как буры,
должны жить,
как буры,
не допуская изнеженности.

Еж никогда не станет кошечкой в чьих-то руках

Еж никогда не станет кошечкой в чьих-то руках

别
人
的

让人感到
苦涩和屈辱的是，

这生活的尽头
没有对承受苦难的嘉奖，

也没有歌剧结尾那种恢宏的场面，

而是
以死亡来收尾。

И что горько и обидно,
ведь эта жизнь кончится не наградой за страдания,
не апофеозом,
как в опере,
а смертью.

Еж никогда не станет кошечкой в чьих-то руках

对于疼痛，
我报之以尖叫和眼泪，

对于卑鄙——回馈以愤慨，
对于龌龊——则献上厌恶。

在我看来，
这其实就是生活。

На боль я отвечаю криком и слезами,
на подлость – негодованием,
на мерзость – отвращением.
По-моему,
это собственно и называется жизнью.

哪怕
只是
微弱的、
有可能
获得
自由的

希
望,

也会
给灵魂
插上

翅
膀。

106

Даже намёк,
даже слабая надежда на её возможность даёт душе крылья.

Антон Павлович Чехов

107

你知道
应该在什么地方
意识到
自己的渺小吗？

应该在神的面前，

在面对祂的智慧、美貌、
自然的时候，

而不是
在人们面前。

在人们中间，
应当意识到
自己的尊严。

Ничтожество свое сознавай,
знаешь где?
Перед богом,
пожалуй,
пред умом,
красотой,
природой,
но не пред людьми.
Среди людей нужно сознавать свое достоинство.

Еж никогда не станет кошечкой в чьих-то руках

这个世界
并不拥挤,

所有的人
都能找到一个位置……

就别把您的
精神
和
精力

浪费在
一些
莫名其妙的
东西上面了吧。

Еж никогда не станет кошечкой в чьих-то руках

别
人
的

На этом свете не тесно,
для всех найдется место...
Не расходуйте Ваших нервов и душевной энергии на чёрт знает что.

Антон Павлович Чехов

111

您还年轻着呢，
像夏天里的六月。
您的生活还在前头呢。

Еж никогда не станет кошечкой в чьих-то руках

Вы молоды,
как лето в июне.
Ваша жизнь впереди.

拥抱我吧，

　　　拥抱我吧

无论
狗和茶炊怎么闹腾，

夏天过后就会有冬天，
青春过后还会有衰老，
幸福后面跟着不幸，
或者是

相
反。

人不可能一辈子都健康欢乐，
总有什么缺憾在等着他……
不管这多么令人伤心。

需要做的
只有竭尽所能，

完成自己的使命
——除此之外别无其他。

что как бы ни вели себя собаки и самовары,
всё равно после лета должна быть зима,
после молодости старость,
за счастьем несчастье и наоборот;
человек не может быть всю жизнь здоров и весел,
его всегда ожидают потери...
как это ни грустно.
Надо только,
по мере сил,
исполнять свой долг
— и больше ничего.

为了睡觉，
上帝安排了冬天
••••••

Для спанья бог зиму дал…

Еж никогда не станет кошечкой в чьих-то руках

我现在每天清晨 5 点起床，
等老了之后肯定会 4 点起床。

我的先祖们都早起，
起得比公鸡还早。

我发现，
早起的人都是忙忙碌碌的人。

这么说来，
我将是一个操心受累、
永无宁日的老头子。

Еж никогда не станет кошечкой в чьих-то руках

别人的

Я ежедневно встаю в 5 часов утра;
очевидно,
в старости буду вставать в 4.
Мои предки все вставали очень рано,
раньше петухов.
А я заметил,
что люди,
встающие очень рано,
ужасные хлопотуны.
Стало быть,
я буду хлопотливым,
беспокойным стариком.

收获完庄稼，
我们现在正闲坐着，
不知道该做些什么。

下着雪，
树木光秃秃的，
鸡群缩到了一个角落里。
餐桌与被褥此时都失去了吸引力，
无论是烤鸭还是咸蘑菇都勾不起食欲。
尽管如此，
却完全不让人感到无聊。

首先，
这里空间辽阔；
其次，
可以乘坐雪橇玩；
第三，
没人带着小说稿件来找我扯闲篇；
第四点，
我拥有那么多和春天有关的憧憬！

我栽种了 60 棵樱桃树和 80 棵苹果树。

Собравши плоды земные,
мы тоже теперь сидим и не знаем,
что делать.
Снег.
Деревья голые.
Куры жмутся к одному месту.
Чревоугодие и спанье утеряли свою прелесть;
не радуют взора ни жареная утка,
ни соленые грибы.
Но как это ни странно,
скуки совсем нет.
Во — первых, просторно,
во-вторых,
езда на санях,
в — третьих,
никто не лезет с рукописями и с разговорами,
и,
в — четвертых,
сколько мечтаний насчет весны!
Я посадил 60 вишен и 80 яблонь.

Еж никогда не станет кошечкой в чьих-то руках

"一个人只需要三俄尺 * 的土地。"

＊俄制长度单位，1俄尺约等于 0.7 米。——编注

"需要三俄尺土地的是尸体，
而不是活人。
人需要的是整个地球。"

"человеку нужно только три аршина земли."
"три аршина нужны трупу,
а не человеку.
Человеку нужно весь земной шар."

Антон Павлович Чехов

你们懂的，
人这一辈子只要钓过一次鲈鱼，
或者在秋天见过一次鸫鸟往南飞，

见过它们怎样在晴朗的、
凉爽的日子里
成群飞过村庄，

那他就再也不是一个城里人，
他会一直到死
都盼望那种
自
由
的
生
活。

А вы знаете,
кто хоть раз в жизни поймал ерша или видел
осенью перелетных дроздов,
как они в ясные,
прохладные дни носятся стаями над деревней,
тот уже не городской житель,
и его до самой смерти будет потягивать на волю.

深夜，
我坐着自己的三套马车，
从一家精神病院回家。
其中三分之二的路必须穿行森林。

在月光的照耀下，
我体会到一种很久没有经历的
奇特的自我感觉，
这感觉就好像刚刚与情人幽会回来。

Из сумасшедшего дома я возвращался поздно вечером на своей тройке.
2/3
дороги пришлось ехать лесом,
под луной,
и самочувствие у меня было удивительное,
какого давно уже не было,
точно я возвращался со свидания.

我想，
同大自然亲近
以及闲适的状态
是幸福的
必
要
条
件，

没有这些
就不可能有幸福。

Еж никогда не станет кошечкой в чьих-то руках

Я думаю,
что близость к природе и праздность составляют необходимые
элементы счастья;
без них оно невозможно.

Антон Павлович Чехов

Еж никогда не станет кошечкой в чьих-то руках

瞧，
这棵树已经枯死了，
却还跟别的树一块儿
随风摇摆。

同样地，

我想，
要是我死了，
我还会以某种方式
参与生活的。

Вот дерево засохло,
но все же оно вместе с другими качается от ветра.
Так, мне кажется,
если я и умру,
то все же буду участвовать в жизни так или иначе.

心情很安宁、
很自在，
也充满了生气，

也就是说，

你不会为昨天惋惜，
也不会为明天担忧。

从这里望过去，
远处的人你都觉得是好人。

настроение покойное,
созерцательное и животное в том смысле,
что не жалеешь о вчерашнем и не ждешь завтрашнего.
Отсюда издали люди кажутся очень хорошими.

我身无分文，
但我是这样想的
：
真正富足的人并不在于拥有很多钱财， 
而是在于他现在具备条件，
能够生活在早春所带给人的色彩斑斓的环境里。

У меня ни гроша, но я рассуждаю так
:
богат не тот,
у кого много денег, а тот,
кто имеет средства жить теперь в роскошной обстановке,
какую дает ранняя весна.

没钱，
但又懒得去挣钱。
请给我寄点儿钱吧！

Еж никогда не станет кошечкой в чьих-то руках

Денег нет,
а работать лень.
Пришлите мне полки для положения зубов.

行动起来对我来说并非难事，
要是我有钱，
我要游遍每个城市，
永远也不停下来。

На подъем я не тяжел.
Будь у меня деньги,
я летал бы по городам и весям без конца.

Еж никогда не станет кошечкой в чьих-то руках

Еж никогда не станет кошечкой в чьих-то руках

别人怀里的

在夜间
工作
和
交谈，

就和经常在夜里
暴饮暴食
一样有害。

Проводить ночи в работе и в разговорах так же вредно,
как кутить по ночам.

再没有什么东西
比强烈的饥饿感更妨碍我生活的了。

每当这个时候，
我的那些美好的思想就和
荞麦粥、牛排、煎鱼的念头
古怪地混杂到了一起。

别人怀里

Ничто так не мешало мне жить,
как острое чувство голода,
когда мои лучшие мысли странно мешались с мыслями о гречневой каше,
о котлетах,
о жареной рыбе.

雨在下着。

这样的天气里，
要是能成为拜伦就好了
——我是这样想的，

因为
想一吐心中的郁闷，
想写一首美妙的诗。

Идет дождь.
В такую погоду хорошо быть Байроном
— мне так кажется,
потому что хочется злобиться и хочется писать очень хорошие стихи.

Еж никогда не станет кошечкой в чьих-то руках

Еж никогда не станет кошечкой в чьих-то руках

当我有了钱，
我就会变得极度地无忧无虑、
游手好闲，

那时候，
大海在我看来也不过是齐膝深……
我需要独处，
需要时间。

К тому же,
когда у меня бывают деньги ,
я становлюсь крайне беспечен и ленив:
мне тогда море по колено...
Мне нужно одиночество и время.

独自坐在家里
听着
雨打屋顶的声音，

感觉到
在你的家中没有那些
难缠的、
无聊的人上门，

这是多么

心
旷
神
怡

的事啊！

Еж никогда не станет кошечкой в чьих-то руках

别
人

Как приятно сидеть дома,
когда по крыше стучит дождь и когда знаешь,
что в доме твоём нет тяжёлых скучных людей.

Антон Павлович Чехов

151

没有独处
就不可能有真正的幸福。

Истинное счастие невозможно без одиночества.

Еж никогда не станет кошечкой в чьих-то руках

我在森林里穿行着，
太阳暖暖的，
整整两个小时，
我感觉自己就像是个国王……

шел лесом, солнце грело,
и я чувствовал себя королем целые два часа.

154

Еж никогда не станет кошечкой в чьих-то руках

到处能嗅到秋天的气息。
我爱俄罗斯的秋天。

秋天里
有某种不同寻常的忧郁、
亲切又美丽的感觉。

真想和大雁
一起飞到什么地方去……

Пахнет осенью.
А я люблю российскую осень.
Что-то необыкновенно грустное,
приветливое и красивое.
Взял бы и улетел куда-нибудь вместе с журавлями.

月亮。
海是那么迷人。

我去把这封信投进邮筒。

Луна.
Море очаровательно.
Иду опускать это письмо.

P.04

爱是
　是
　　宇宙中
　　　　被压扁
　　　的
　　　　　　猫

我们长久地交谈，
长久地沉默，
但我们彼此都没有坦陈自己的爱意，
而是带着羞涩和嫉妒，
将它隐藏起来。

Мы подолгу говорили,
молчали,
но мы не признавались друг другу в нашей
любви и скрывали ее робко,
ревниво.

Еж никогда не станет кошечкой в чьих-то руках

但凡有可能
将我们的秘密袒露的一切，
都令我们害怕。

Мы боялись всего,
что могло бы открыть нашу тайну нам же самим.

Еж никогда не станет кошечкой в чьих-то руках

我爱得温柔、深刻，
但是我不断思索，
扪心自问，
如果我们无力抗拒这爱情，
那么我们的爱会有什么样的结局呢？

Я любил нежно,
глубоко,
но я рассуждал,
я спрашивал себя,
к чему может повести наша любовь,
если у нас не хватит сил бороться с нею.

Еж никогда не станет кошечкой в чьих-то руках

我那么憧憬爱情，
已经憧憬了很久，
黑夜白日地盼着，
而我的灵魂却好比一架贵重的钢琴，
上了锁，
钥匙却丢失了。

О, я так мечтала о любви,
мечтаю уже давно,
дни и ночи,
но душа моя,
как дорогой рояль,
который заперт и ключ потерян.

我们大家
只会
讨论爱情，
阅读爱情；

然而
我们自己却
很少有爱情。

Мы всё только говорим и читаем о любви,
но сами мало любим.

Еж никогда не станет кошечкой в чьих-то руках

别
人
的

我将会在坟墓里独自躺着，
正像
我现在
实际上是孤单地活着
一样。

Еж никогда не станет кошечкой в чьих-то руках

Как я буду лежать в могиле один,
так,
в сущности,
я и живу один.

我们夏天犯罪，
冬天忏悔。

Летом грешим,
а зимою казнимся.

Еж никогда не станет кошечкой в чьих-то руках

别人怀里的

Ёж никогда не станет кошечкой в чьих-то руках

别人怀里的

请您别生我的气，
原谅我的低落情绪。

我自己也不喜欢这种状态。

我心里产生的这种情绪有很多的由头，
而它们又不是我能控制的。

Не сердитесь на меня и простите мне меланхолию,
которая мне самому несимпатична.
Она вызвана во мне разными обстоятельствами,
которые не я создал.

我内心弥漫着
某种颓废感。

我认为
这种颓废感
来自个人生活的

不
如
意。

我没有失望，
也不曾厌倦和忧郁，

只是突然间觉得
什么都不像从前那样有趣了。

真该在我自己身子下面撒一些炸药了。

...в душе какой—то застой.
Объясняю это застоем в своей личной жизни.
Я не разочарован, не утомился,
не хандрю,
а просто стало вдруг всё как
—то менее интересно.
Надо подсыпать под себя пороху.

Антон Павлович Чехов

当一个人像我这样，
时断时续、
一点一滴地
得到幸福，

随后又失掉了它，

他就会渐渐
变得粗暴，
变得凶狠。

Еж никогда не станет кошечкой в чьих-то руках

Когда берешь счастье урывочками,
по кусочкам,
потом его теряешь, как я,
то мало-помалу грубеешь,
становишься злющей.

我已经
是个暮气沉沉的年轻人，

我的爱情
不是太阳，

不管
对于我本人，
还是
对于我爱着的小鸟，

它都形成不了春天的气候！

я уже старый молодой человек,
любовь моя не солнце и не делает весны ни для меня,
ни для той птицы,
которую я люблю.

Еж никогда не станет кошечкой в чьих-то руках

别人怀里的

冬天里吃鲜黄瓜，
嘴巴里就会留下春天的气息呢。

Когда зимою ешь свежие огурцы,
то во рту пахнет весной.

Еж никогда не станет кошечкой в чьих-то руках

有一些重要的、新鲜的事情，
关于爱。

别
人
怀
里
的

О любви важное и новое.

我像一个僧侣那样地活着，
只有在梦里
才能梦见你一个人。

尽管
人到了 40 岁，
表白爱情
会觉得羞耻，
但我还是忍不住
要再次对你说，

我
爱
你，

爱得深沉、温柔。

Я живу,
как монах,
и одна ты только снишься мне.
Хотя в 40 лет и стыдно объясняться в любви,
но всё же не могу удержаться,
собака,
чтобы еще раз не сказать тебе,
что я люблю тебя глубоко и нежно.

Антон Павлович Чехов

189

只要是
不可理解的东西,
都是奇迹。

Еж никогда не станет кошечкой в чьих-то руках

Что не понятно,
то и есть чудо.

Антон Павлович Чехов

我认为最神圣的东西是
人的身体、健康、智慧、才能、灵感、
爱情和最为彻底的自由，

摆脱了强权和虚伪的自由，
不管这强权和虚伪体现为怎样的方式
都无济于事。

如果我是一个大艺术家，
这些就是我坚守的原则。

Мое святая святых
— это человеческое тело, здоровье,
ум, талант,
вдохновение,
любовь и абсолютнейшая свобода,
свобода от силы и лжи,
в чем бы последние две ни выражались.
Вот программа,
которой я держался бы,
если бы был большим художником.

Антон Павлович Чехов

193

妻子不在身边，
我感觉不舒服。
睡觉时就好像躺在冰凉的、
很久没有生火的炉子上面。

Без жены мне нехорошо;
спишь точно на холодной,
давно нетопленной печке.

没有你，我觉得很寂寞。

明天我要有意地在晚上 9 点就上床睡觉，
为的是不要听到新年的钟声。

没有你，
就意味着什么也没有，
我不再需要任何东西。

Скучно без тебя.
Завтра нарочно лягу в 9 час. вечера,
чтобы не встречать Нового года.
Тебя нет,
значит,
ничего нет и ничего мне не нужно.

我要紧紧抱着你，
让你的每根肋骨都咯吱咯吱地响起来。

Обнимаю тебя так,
что ребрышки все захрустят,
целую в обе щеки...

Еж никогда не станет кошечкой в чьих-то руках

别人怀里的

你在信里说，
我在生你的气，
我为什么生气，
亲爱的？
只有你可以生我的气，
我怎么会生你的气。

Ты пишешь,
что я на тебя сержусь.
За что,
родная?
Ты должна на меня сердиться,
а не я на тебя.
Бог с тобой, дуся.

如果明天我收不到你的信，
我就摔茶杯。

Если не получу завтра письма,
то расшибу.

Еж никогда не станет кошечкой в чьих-то руках

别人怀里的

今天是阴天，
不暖和，

无聊透顶，

要不是想到了你，
想着你的到来，
我大概要借酒消愁了。

Сегодня пасмурно,
не тепло, скучно,
и если бы не мысли о тебе,
о твоем приезде,
то кажется бы запил.

永远做不了
别人怀里的 猫

我一直在等您，
没有等到……

雅尔塔在下雪，
潮湿，
刮着风。

但在当地久居的人说，
还会有好天气的。

Я поджидал Вас всё время и махнул рукой,
не дождавшись.
Идет в Ялте снег,
сыро, дуют ветры.
Но местные старожилы уверяют,
что еще будут красные дни.

愿您一切都好，
最重要的是
保持愉悦的心情，

不要把生活看得那么复杂，
没准儿它事实上
要简单得多。

Еж никогда не станет кошечкой в чьих-то руках

Всего Вам хорошего,
главное — будьте веселы,
смотрите на жизнь не так замысловато;
вероятно,
на самом деле она гораздо проще.

Антон Павлович Чехов

ら

Ёж никогда
не станет
кошечкой в чьих-то руках

Антон Павлович Чехов   Design *by* Yoshioka_Yuutarou in 2025.